Über den Autor:

Sandro Hübner, wurde 1991 in Görlitz geboren. Besuchte erfolgreich die Schule und widmete sich mit 10 Jahren Kurzgeschichten, Gedichten und Vorträgen die sehr umfangreich verfasst waren. Als er 17 Jahre alt war und sich als Schriftsteller die Zeit, für seinen Ersten Roman: SAD SONG - Trauriges Lied - nahm, machte ihm das Schreiben sehr großen Spaß. Sandro Hübner lebt in Berlin und arbeitet bereits an seinem nächsten Roman. Er hat mittlerweile vier Bestseller geschrieben.

Vom Autor bereits erschienen: www.sandrohuebner.de

Für dich Mama, Papa Oma und Ur-Oma

Alle Geschichten, wenn man sie
bis zum Ende erzählt,
hören mit dem Tode auf.
Wer Ihnen das vorenthält,
ist kein guter Erzähler.

E. Hemingway

SANDRO HÜBNER

SOMMERLICHE GAYSTORIES

Roman

Bibliografische Information der Deutschen Nationalbibliothek:
Die Deutsche Nationalbibliothek verzeichnet diese Publikation in der Deutschen Nationalbibliografie; detaillierte bibliografische Daten sind im Internet über http://dnb.dnb.de abrufbar.

TWENTYSIX – Der Self-Publishing-Verlag
Eine Kooperation zwischen der Verlagsgruppe Random House und BoD – Books on Demand.

© 2020 Sandro Hübner

Herstellung und Verlag:
BoD - Books on Demand, Norderstedt

ISBN: 978-3-7407-5107-4

Alle Rechte, einschließlich die des auszugsweisen Nachdrucks in jeglicher Form und der Übersetzung, sind vorbehalten. Das Werk darf – auch teilweise – nur mit Genehmigung des Autors wiedergegeben werden.

Alle in diesem Roman vorkommenden Personen, Schauplätze, Ereignisse und Handlungen sind frei erfunden. Etwaige Ähnlichkeiten mit lebenden Personen oder Ereignissen sind rein zufällig.

Inhalt

Titel	Seite
Sommerhitze	**7**
Leo und Brook	**39**
Wasserspiele	**59**
Anmerkungen des Autors	**71**

SOMMERHITZE

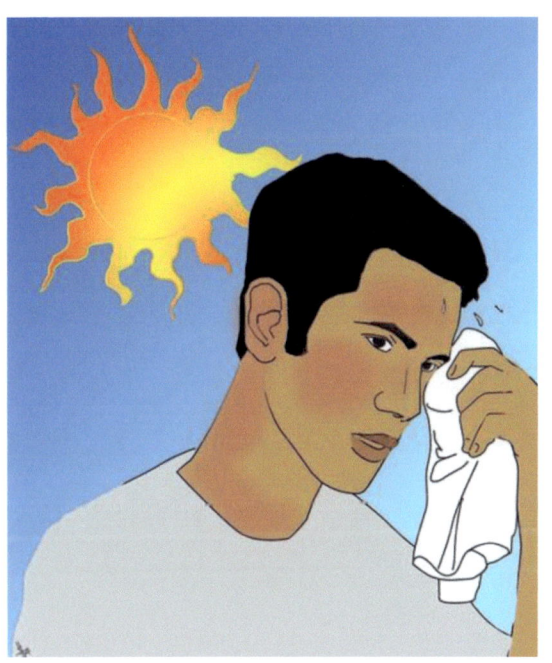

Mir ist heiß. So unsagbar, schwindelerregend heiß. Mein ganzer Körper fühlt sich an, als würde er brennen, als hätte mich jemand mit Benzin übergossen und dann ganz aus Versehen ein Streichholz fallen gelassen. Ich bin mir fast sicher, dass jeden Moment meine Haut aufreißen und mir der Gestank nach verbranntem Fett in die Nase stechen wird.

Und am schwitzen bin ich auch wie Bolle. Meine Güte, das ist doch nicht mehr normal! Es ist einfach unerträglich diese Hitze.

Mein Haar ist schon klitschnass, dabei war ich noch gar nicht im Wasser. Und so wie sich das anfühlt klebt mir das Handtuch auch schon am Rücken fest. Klasse, ehrlich!

Als ich dann auch noch entnervt feststelle, dass selbst die Hautdrüsen an meinen Fingerkuppen sich in ihrem Bemühen meinem Körper zu helfen, die Körpertemperatur im gesundheitlich bedenkenlosen Zustand zu halten, so sehr ins Zeug legen, dass ich auf den Buchseiten jedes Mal Abdrücke hinterlasse, die selbst die Spurensicherung nie so genau hinbekommt und die damit obendrein auch noch die Druckertinte verschmieren, hab ich dann die Schnauze komplett voll.

Ich meine, muss denn eigentlich immer alles auf einmal scheiße laufen? Können sich diese ganzen verdreckten Mistigkeiten nicht vorher irgendwo zum Brunchen treffen und einen einigermaßen humanen Terminplan ausarbeiten, wann sie sich dazu entschließen, auf mir rumzuhacken und mir mein Leben zu versauen? Alle vierzehn Tage eine, oder so? Müssen die gleich alle gemeinsam die Tür eintreten und alles durcheinander bringen?

Leise fluchend knall ich mein Buch – „Schneewittchens Unschuld" von Maeve Carels, falls das hier irgendetwas zu Sache beiträgt… vermutlich eher nicht – neben mir ins Gras und lege den Kopf in den Nacken. Im ersten Moment erwarte ich sogar, dass sich genau jetzt in diesem Augenblick irgendeine beknackte Amsel oder Drossel oder bei meinem Glück wohl noch ein aus dem Zoo ausgebrochene Riesenkakadu punktgenau über meinem Gesicht dazu entschließt, seine Notdurft zu verrichten und mich halbseitig erblinden zu lassen oder dass gerade heute ein Teil der Raumstation MIR abbröckelt und dank irgendeines treffsicheren Atmosphärensturms genau auf meinem Schädel landet und selbigen auf die Dichte eines Werbeplakats zusammendrückt. Ganz ehrlich, ich wäre nicht im Geringsten überrascht!

Aber zumindest etwas scheint mir mein Schicksal heute gewogen zu sein, denn alles, was ich sehe, ist der strahlend blaue Himmel, ohne irgendwelche Wolken oder Flugzeuge. Nur dieser wunderschöne Himmel, der mich in all seiner wunderschönen Wunderschönheit auch nur noch ankotzt.

Gut, vielleicht ist das etwas unfair, immerhin kann der ja nun nicht viel mehr machen als halt Himmel zu sein, aber Herr Gott, er geht mir trotzdem auf den Sack. Oder dann wohl eher doch die Tatsache, dass ich so schlechte Laune habe, dass ich diesen Anblick nicht auch einfach toll finde und genießen kann. Scheiße auch.

Fahrig wische ich mir über das Gesicht und rieche dabei den herben Schweißgeruch, der an meinem ganzen Körper klebt. Wie im Übrigen auch

allerlei Sandkörner und Grünzeug, das sich auf mein Handtuch geschlichen haben muss als ich kurz auf der Toilette war. Dieses Gefühl ist einfach widerlich. Und trägt auch nicht sehr zu meiner Stimmung bei.
Vorausgesetzt, ich wäre in einer.
Denn das bin ich nicht.
Womit ich dann allerdings wohl der einzige hier wäre.

Denn alle anderen im Schwimmbad, die ich durch meine Sonnenbrille sehen kann, sehen durchweg so aus als hätten sie heute den größten Spaß ihres kleinen, behämmerten Lebens. Es ist fast schon alarmierend, wie breit die alle grinsen und wie hysterisch die teilweise lachen. Bei einigen erinnert es mich sogar an die Schnappatmung gestrandeter Fische. Natürlich sind das in erster Linie Kinder, was ich sogar noch nachvollziehen kann. Kinder finden ja allgemein alles erst mal lustig. Knochenbrüche, Sturmböen, Spinnen im Abfluss, Kinder haben die seltene Gabe, alles irgendwie toll zu finden und darüber lachen zu können. Dementsprechend haben sie auch keinerlei Probleme mit der Hitzewelle, die gerade über uns grassiert und inzwischen schon fast sechs Tage andauert. Im Gegenteil, die kleinen Irren schwitzen zwar ganze Sturzbäche aus, die den Niagara-Fällen ernsthaft Konkurrenz machen könnten, aber die rennen trotzdem wie besessen durch die Anlage und spielen Fangen oder Fußball.

Aber auch die Erwachsenen und Jugendlichen, die ich sonst so sehen kann, scheinen bester Laune zu sein. Sie sitzen in kleinen Gruppen und unterhalten sich, spielen Karten, sonnen sich und einige raffen sich sogar auf, ihren Bälgern in all ihrer Hyperaktivität nachzueifern. Es ist fast schon zu grässlich mit anzusehen.

Kurz kommt mir der Gedanke, einfach ins Wasser zu gehen und ein paar Runden zu schwimmen, aber dann bohrt sich mir wieder das Bild in den Kopf, das ich gesehen habe, als ich vor etwa zweieinhalb Stunden hier angekommen und auf dem Weg zu meinem Liegeplatz an den beiden Schwimmbecken vorbeigekommen bin. Ein bisschen hat mich das Treiben dort an die Guernica von Dali erinnert. Es war wie ein Gemisch aus allerlei Körperteilen, die auf teilweise fast schon surreal akrobatische Art ineinander verschlungen waren. Hier stach mal ein Bein hervor, da ein Arm und hin und wieder auch die breit grinsende Visage einer dieser vielen Terrorgören, die hier rumlaufen. Kurzum, die beiden Schwimmbecken waren über und über mit Kleinvieh, sprich Kindern besetzt. Selbst das eigentliche Schwimmerbecken. Dort auch nur eine Runde zu schwimmen ohne dauernd diverse Tritte und Hiebe in den Rücken oder irgendwelche dämlichen aufblasbaren Bälle oder Spongebob-Köpfe an den Schädel geballert zu bekommen ist nahezu ausgeschlossen.

Also kein Schwimmen.

Dann zumindest Flüssigkeitszufuhr von innen, denke ich und greife nach rechts zu der kleinen Kühlbox. Als ich hinein fasse um mir eine Dose herauszuholen, streift meine Hand einen der Kühlakkus und einen Moment lege ich sie einfach auf das gefrorene Ding drauf, weil es so schön herrlich kühlt. Und einen ganz, ganz kurzen Moment geht es mir wieder einigermaßen besser. Aber wie gesagt, es ist ganz, ganz kurz. Einigermaßen geht's besser.

Nach etwas Kramen bekomme ich eine der Dosen zu fassen und ziehe sie raus. Es ist eine Dose Ginger Ale, worauf ich mein Gesicht wieder verziehe. Ich hasse dieses Zeug. Dieser Ingwerauszug da drinnen, nein, der muss nicht sein.

Ich werfe die Dose wieder zurück und hole eine zweite, diesmal ganz normale Coca Cola.

Wohlweislich öffne ich die Dose über dem Gras, um etwaigen herausspritzenden Schaum nicht gleich auf meinen schwarzen Badeshorts zu haben, aber derartiges bleibt aus.

Als ich einen ersten, tiefen, langen und wunderbar kalten Schluck trinke, fällt mein Blick zufällig wieder auf die Ginger Ale Dose in der Kühlbox und von da wandert er automatisch zu dem leeren Handtuch neben mir und der grauen Sporttasche daneben. Zu den weißen Turnschuhen und der abgeschnittenen Jeanshose, sowie dem weißen T-Shirt, die allesamt zerknüddelt auf einem Haufen am Fuße des Handtuchs liegen.

Und von da kann ich gar nicht mehr anders, als meinen Blick zu heben und quer über den Platz zu den beiden Beachvolleyballfeldern zu sehen. Oder besser gesagt, zu demjenigen, dem die Jeans und das T-Shirt und die Turnschuhe und die Sporttasche gehören. Demjenigen, der Ginger Ale trinkt wie andere Wasser. Demjenigen, der eigentlich mit mir hierher wollte.

Mein Freund. Dylan.

Es ist für meine Augen ein leichtes, ihn unter den Spielern auszumachen. Auch ohne die auffällige Camouflage-Badehose und das noch auffälligere Tribal-Tattoo auf seinem linken Oberarm. Dazu habe ich seinen nackten Rücken schon viel zu oft viel zu lange betrachtet.

Sofort spüre ich wieder dieses Ziehen im Magen und ich weiß nicht, ob ich jetzt verzweifeln oder einfach aufstehen und abhauen soll.

Grund dazu hätte ich bei Gott genug!

Immerhin hatten Dylan und ich zusammen ins Schwimmbad gehen wollen, zu zweit, nur er und ich, weil wir uns die letzten Tage fast kaum zehn Minuten am Stück gesehen hatten. Das war eben das Problem, wenn man mit der Schule fertig war. Man hatte noch weniger Zeit als vorher. Ich bin immer noch überrascht, wie hektisch mein Leben ist, obwohl ich mein Abi längst hinter mir habe. Die Prüfungsergebnisse stehen zwar noch aus, aber ich weiß, dass ich nicht durchgerasselt bin und demnach hatte ich eigentlich erwartet, jetzt endlich mehr Freizeit zu haben und vor allem mehr Zeit, die ich mit Dylan verbringen konnte. Aber weit gefehlt. Statt morgens zur Schule zu radeln, müssen wir beide nun jobben, er in einem Restaurant und als Kurier und ich als Lagerarbeiter und Zeitungsbote. Dazu kommt dann noch der Stress mit den Bewerbungen für die Unis und und und. Dylan und ich sehen uns inzwischen weniger als vorher.

Deswegen hatte ich mich auch so auf den heutigen Nachmittag gefreut…innerlich natürlich. Ich bin nicht der Typ, der großartig alle Welt zu Tode grinsen muss, wenn er sich freut. Und dann das!

Kaum haben wir unsere Handtücher ausgebreitet, steht plötzlich der halbe ehemalige Mathe-Lk vor uns und nimmt uns in Beschlag. Oder, ehrlich gesagt, hauptsächlich Dylan. Okay, eigentlich nur

Dylan, ich werde geflissentlich und dezent ignoriert. Ich war schon zu Schulzeiten immer eher ein Einzelgänger. Ich meine, ich hatte auch Freunde. Gut, die konnte ich alle an einer Hand abzählen, aber dafür waren es richtige Freunde, mit denen ich auch weiter in Kontakt bin. Aber mit dem Großteil des Jahrgangs konnte ich nicht viel anfangen. Ich weiß nicht mal, warum genau. Es passte halt nicht. Oder ich bin nicht der Typ für so was. Ist ja auch sowieso schnurz, da ich die eh nie wieder sehen werde. Dachte ich zumindest. Bis vor zwei Stunden.

Und dann auch noch der Mathe-Lk. In dem saßen fast ausschließlich Leute, die ich so gar nicht abkonnte und die mich umgekehrt genauso wenig abkonnten. Die einzige Ausnahme war und ist Dylan. Und besagten Dylan hatten diese dummen Affen gleich wieder zugetextet mit alten Anekdoten aus unserer Schulzeit, die ja nun auch schon wahnsinnig lange zurückreicht. Fast ein ganzer Monat. Beeindruckend!

Ich hatte ein-zweimal probiert, Dylans Aufmerksamkeit zu erhaschen um ihm zu signalisieren, dass ich mich hier mit ihm und nicht der halben Abiturientia 2007 entspannen wollte, aber entweder hat er es nicht gemerkt oder er wollte es nicht bemerken.

Resigniert habe ich mir dann mein Buch gegriffen und angefangen zu lesen.

Dabei muss dann wohl eine der drei Damen, die sich zu uns gesellt hatten, – ihr Name ist Heike und von der 5. bis zu 8. Klasse war es ihre Lieblingsaufgabe mich mit ihrer Gluckenclique aufzuziehen und zu mobben und von der 9. bis zur 13.

eigentlich auch – zufällig oder absichtlich, ich halte beides für glaubhaft, den Klappentext meines Buches gelesen haben.

Grob gesagt geht es in dem Buch um einen Mordfall unter Studenten, in den auch zwei beste Freunde verwickelt sind, die dann im Laufe der Ermittlungen zusammen kommen. Ich habe dieses Buch nach langem Suchen irgendwann auf eBay ersteigert und bin dann aufgrund des Abistresses nie dazu gekommen, es zu lesen.

Es dauerte dann nicht mehr lange, bis besagte Heike einen dummen Kommentar ablassen musste. Sie mag es eben immer noch, mich zu mobben, inzwischen auch ohne ihre Clique. Dass ich schwul bin, ist dabei ihr Lieblingsaufreißer, mir einen reinzuwürgen. Ich konnte in der Schule, nachdem meine Neigung mehr oder minder offenkundig rumgegangen war, eigentlich nirgendwo hin- oder entlanggehen ohne einen dämlichen Spruch von der Seite zu kriegen. Meistens von dieser dämlichen Heike.

„Und? Brennt's noch?", beispielsweise. Oder „Hey, Tyler, kannst du mir nicht noch ein paar Tipps für Blowjobs geben?" Ihre Sprüche gingen immer unter die Gürtellinie und verursachten mit Garantie immer viel Gelächter und Gegröle. Ich für meinen Teil habe relativ schnell aufgegeben, noch ernsthaft dagegen anzustänkern. Zum einen, weil es sowieso nichts brachte, zum anderen, weil ich dazu einfach keinen Bock hatte. Ich würde jetzt auch gerne sagen, dass es mir nach einer bestimmten Zeit nichts mehr ausgemacht hat, aber das stimmt leider nicht. Es tut immer noch weh, irgendwie.

„Na, liest du wieder Tuntenkrimis?", fragte diese blonde Schlange dann auch sogleich süffisant, und hatte so wieder mal alle Aufmerksamkeit erfolgreich auf mich gelenkt. Sogar die von Dylan.

Im Gegensatz zu den anderen war er der einzige, der daraufhin nicht kicherte. Wenigstens etwas. Ich meine, ich weiß auch nicht genau, was ich erwartet habe. Dass er wie von Sinnen aufspringt, das blonde Gift an den Haaren packt, hochreißt und ihr dann mit seiner tiefen, lauten und manchmal durchaus ehrfurchtgebietenden Stimme eintrichtert, dass er sie bis nach Walhalla prügelt, wenn sie noch einmal so einen Spruch ablässt? Oder dass er zumindest die Courage hat, den anderen endlich mal zu sagen, dass ich nicht der einzige bin, der sich von solchen bescheuerten Kindergartenbemerkungen bedrückt fühlt?

Er tat weder das eine – leider – noch das andere. Er saß einfach bloß da und sah mich mit diesem traurigen Blick an, der gleichzeitig sagt: Es tut mir leid! und Versteh mich doch!

Das Dumme war nur, dass ich ihn nicht verstehen konnte.

Genauso wenig wie ich verstehen konnte, dass er keine zehn Minuten später plötzlich die Frage in die Runde warf, ob nicht jemand Lust hätte Beachvolleyball zu spielen, wozu natürlich alle gleich begeistert aufgesprungen sind. Und ich saß wieder mal allein da mit meinem Tuntenkrimi und dieser Mörderwut im Bauch.

Ich meine, warum kann er es denen nicht einfach sagen? Ich hab das doch auch geschafft und ich bin weiß Gott nicht für mein großes Selbstvertrauen bekannt. Gut, mein Coming Out war auch nicht ganz freiwillig, aber, nachdem damals ein sehr belastendes Foto von mir und einem Kellner irgendeiner Jahrgangsfete öffentlich gemacht worden war, konnte ich ja schlecht sagen, ich sei so betrunken gewesen, dass ich nicht bemerkt hätte, einen anderen Jungen zu küssen. Mit Zunge.

Es war verflucht schwer, das stimmt schon, aber ich habe es überlebt. Warum kann Dylan es dann nicht auch machen, verdammt? Ich kann ja verstehen, dass er Angst vor der Reaktion seiner Eltern hat, aber doch nicht vor dieser Horde Halbzeitirrer.

Seufzend trinke ich wieder von der Cola und rülpse, was irgendeinen kleinen Drops rechts von mir gleich ein breites Grinsen auf die dicken Lippen zaubert. Allerdings ignoriere ich den Zwerg genauso resolut wie den tadelnden Blick seiner Mutter.

Meine ganze Aufmerksamkeit gilt Dylan. Auch, wenn ich eigentlich viel zu wütend auf ihn bin. Aber ich kann nicht anders. Er…er hat einfach etwas an sich, gegen das ich machtlos bin. Etwas, das über pure Attraktivität oder Sexappeal hinausgeht. Ich sehe ihn einfach gerne an, egal, was er macht. Das war schon früher so. Schon seit der fünften Klasse, in der wir uns kennen gelernt haben. Ich, der schüchterne, magere Streber, der als einziger von seiner Grundschule aufs Gymnasium gewechselt war und er, der Strahlemann vom Dienst und bereits damals der größte im Jahrgang, der sich einfach neben mich gesetzt hat, obwohl es noch genug andere freie Plätze gegeben hatte.

Unsere Freundschaft war anfangs sicherlich zu einem gewissen Grad aus reinem Nutzen entstanden. Ich half ihm bei den Hausaufgaben und flüsterte ihm ab und an die Antworten auf die Fragen des Lehrers vor und er kam mir heroisch zur Hilfe, wenn mir mal wieder irgendwelche Deppen das Etui geklaut hatten oder mich wegen meiner Brille hänselten. Ich weiß gar nicht, wie viele Tadel er gekriegt hat, weil er den Typen, die mich ärgerten stumpf einen auf die Nuss gab.

Aber irgendwann ist daraus dann eine Freundschaft geworden. Eine Freundschaft, die schon immer irgendwie anders als andere ‚Männerfreundschaften' war. Auch, wenn es arg gedauert hat, bis der erste von uns beiden bemerkt hat, woran das lag. Dieser Jemand war ironischer Weise nicht ich, sondern Dylan. Als die Sache mit dem Foto von mir und diesem Kellner herumging, fragte er mich eines Nachmittags, ob ich mit diesem Kerl zusammen sei, was mich überraschte. Dylan wusste damals schon lange, dass ich schwul war, er war der erste, dem ich es gestanden habe und er hatte noch nie in diese Richtung nachgefragt.

Ich verstand sein Verhalten und seine plötzliche Neugier anfangs nicht, bis ich sie dann irgendwann als das erkannte, was sie war: Eifersucht.

Von da war es kein weiter Weg mehr bis zu unserem ersten Kuss, unserem ersten Mal und unserem ersten „Ich liebe dich". Das einzige Problem an dieser Romanze ist die Tatsache, dass sie geheim bleiben muss.

Zu Beginn hatte ich damit kein Problem, dass Dylan noch warten wollte und der restlichen Welt immer noch vorspielte, wie beide seien bloß ‚Freunde'. Ich fand es sogar aufregend, irgendwie. Es war prickelnd, sechs Stunden in der Schule den

‚guten Freund' zu spielen, nur um in der Fünf Minuten Pause in der Kabine des Jungenklos über ihn herzufallen. Aber irgendwann wurde es nervig. Und dann...naja, dann begann es sogar ein wenig wehzutun.

So wie jetzt auch.

Ihn dort bei den anderen zu sehen tut weh. Nicht, weil er mit denen Beachvolleyball spielt und nicht mit mir hier in der Sonne liegt, sondern, weil es ihm offenbar wichtiger ist, was ein Haufen geistiger Tiefflieger über ihn denkt, als sich zu mir zu bekennen. Ich meine, Herr Gott, ich weiß, dass ich ihm wichtig bin, sonst würde er nicht jeden Sonntag mit einem Textmarker die Wohnungsanzeigen in der Zeitung durchgehen und alles markieren, was wir uns beide leisten könnten und sonst hätte er auch sicherlich nicht seinen Studiumsplan umgeworfen, um in derselben Stadt studieren zu können wie ich, aber trotzdem, jetzt gerade komme ich mir vor, als wäre ich ihm einen Dreck wert.

Wieder sehe ich zu ihm herüber. Und bin augenblicklich fasziniert von seinen Bewegungen.

Er hat so etwas elegantes, behändes, geschmeidiges. Wie eine Raubkatze. Wenn er durch den weißen Sand rennt und springt um den Ball zu schmettern, arbeitet seine Rückenmuskulatur unter der gebräunten Haut, die von Schweiß glitzert und die inzwischen auch schon mit Sand belegt ist, weil er beim Annehmen schon einige Mal lang hingeflogen ist.

Irgendwo in mir drinnen beneide ich diese geistigen Tiefflieger sogar ein wenig darum, dass sie alle so gut spielen können. Wenn ich mit Dylan spiele, kriegen wir nie einen Spielablauf hin, der länger als drei Seitenwechsel ist. Ich hau die Bälle immer ins Netz, bagger falsch, sodass sie nach hinten wegfliegen oder krieg sie beim Aufschlag nicht mal auf das gegnerische Spielfeld. Es ist erbärmlich, ich weiß. Und auch, wenn Dylan trotzdem immer wieder mal mit mir trainiert und mich selbst nach dem dreißigsten Fehler in der Annahme immer noch liebevoll anlächelt und mir durchs Haar wuselt um dann loszurennen und den Ball wieder aus den Büschen zu holen, ich komm mir trotzdem blöd vor.

Ich will gerade wieder zu meiner Cola greifen, als ich Zeuge von etwas werde, das so grauenvoll ist, dass ich schreien möchte.

Zuerst sieht es ja nur so aus, als ob Heike, – ausgerechnet diese dumme Sumpfhuhn – die natürlich mit Dylan in einem Team spielt, nicht richtig aufgepasst hätte und deswegen gegen meine Freund stolpert, als sie beide denselben Ball annehmen wollen. Da Dylan mit seinen 1,93 und seinen 84 Kilogramm athletischer Perfektion um einiges kräftiger ist als Heike – auch, wenn die mit ihrem Vorbau vermutlich jeden K.O. kloppen könnte – fliegt die natürlich postwendend hin, was mir sogleich ein kleines Grinsen auf die Lippen zaubert. Selbstverständlich hilft Dylan ihr auf, und genau da passiert es dann.

Diese bescheuerte Gossentrine befummelte ihn!

Ich kann es ganz deutlich sehen. Wie ihre Hand an seinem Arm hoch wandert und in seinem Nacken zum Liegen kommt, wie sie über die sehnige Muskulatur streicht und ihn dabei anzwinkert. Ich könnte austicken!

Im ersten Moment möchte ich am liebsten aufspringen, dahin rennen und ihr Sand in die Augen schmeißen oder ihr die Dose an den Kopf werfen oder, keine Ahnung, sie erdrosseln, irgendetwas, was unweigerlich den Tod oder einen langen Krankenhausaufenthalt zur Folge hat. Aber das würde dann unweigerlich klarstellen, dass ich gewisse Besitzansprüche an Dylan erhebe, die unter ‚Freunden' so nicht im Vertrag stehen.

Bevor ich jedoch wirklich noch etwas tue, für das ich vor Gericht gezogen werden kann, trinke ich die Cola in einem Rutsch leer, zerdrück die Dose, werfe sie in einen Mülleimer nicht weit von meinem Liegeplatz entfernt und mache mich dann auf zum Schwimmbecken.

Ich muss mich dringend abreagieren, sonst raste ich wirklich noch aus.

Zu meinem Glück ist das tiefe Becken inzwischen wieder einigermaßen leer. Wobei ich mir jetzt fast wünsche, mir würde irgendwer aus Versehen in die Seite treten oder mir etwas an den Kopf werfen. Dann hätte ich wenigstens einen Grund mich richtig aufzuregen und auch gleich jemanden, an dem ich es auslassen könnte.

Nun, es bleiben vorerst alle am Leben. Ich kann ohne größere Probleme oder Ausweichmanöver meine Bahnen ziehen und mit der Zeit beruhigt sich mein Gemüt wieder etwas. Da ist zwar immer noch eine kleine Stimme, die mir alle möglichen Dinge zuflüstert, die Heike mit meinem Freund machen könnte, aber die Stimme überhöre ich geflissentlich.

Nach zehn Bahnen fühle ich mich wieder so weit in Ordnung, dass ich zurückgehen und mich weiter ignorieren lassen kann. Außerdem bin ich nun den Schweißgeruch und das Grünzeug und den Dreck los, wenigstens etwas.

Als ich über den Rasen zu meinem Handtuch schlendere, erkenne ich überrascht, dass das Beachvolleyballfeld leer ist. Sofort schreien die Alarmsirenen wieder los, weil ich keinen Bock darauf habe, diese ganzen Idioten jetzt wieder bei mir rumsitzen zu haben, doch als ich schließlich den seichten Hügel hinaufblicke, sehe ich, dass außer Dylan niemand da ist.

Ich atme erleichtert auf, bemühe mich aber trotzdem recht angefressen und böse zu gucken, was mir erstaunlich leicht fällt.

„Und? Ausgespielt?", frage ich kurz angebunden und setze mich neben ihn. Ich will es zwar nicht, aber ich kann nicht verhindern, dass ich dabei seine schlanke Erscheinung mustere.

„Hmhm. Is den anderen zu heiß geworden.", kommt es wenig gesprächig von links, während ich mir ein kleineres Handtuch greife und meine Haare trockne. Zwar brauche ich dafür nicht lange, immerhin trage ich mein Haar kurz, aber ich lasse mir dennoch mehr Zeit, einfach, weil ich so bloß das geriffelte Muster des Tuchs und nicht sein vom schlechten Gewissen verzehrtes Gesicht sehe.

Danach entsteht ein unangenehmes Schweigen zwischen uns, was ich aber nicht zu unterbrechen gedenke. Im Gegenteil. Soll der Kerl ruhig im eigenen Saft schmoren, verdient hat er es.

Zu meiner Überraschung ergreift er jedoch das Wort.

„Es tut mir leid.", flüstert er fast und stößt mit seinem rechten Knie probeweise gegen mein linkes Bein, eine so schüchterne Form der Kontaktaufnahme, dass ich fast lächeln muss, weil sie nicht zu ihm passt.

Ich antworte trotzdem nicht. Ich will einfach nicht. Er kann mich doch nicht einfach so versetzen, verleugnen und dann auch erwarten, dass es mit einem einfachen es tut mir leid gegessen ist.

„Komm schon, Ty. Ich fühl mich echt mies.", seufzt er und rupft verlegen Grashalme aus dem Boden, ohne mich dabei anzusehen.

Sauer reiße ich mir das Handtuch vom Kopf und funkel ihn übellaunig an.

„Das solltest du auch, verdammt! Und komm mir jetzt nicht mit

Ty, nicht jetzt!", zische ich und sehe wie er unter meinen Worte zusammenzuckt, was auch überhaupt nicht zu ihm passt. Er ist sonst so stark und selbstbewusst. Nur bei mir wird er…verletzlich. Als wäre ich sein Gott verficktes Kryptonit oder so etwas.

Endlich hebt seinen Kopf wieder und sieht mich an. In seinen braunen Augen steht so viel Schuld, dass es mich fast besänftigt, aber eben nur fast.

„Ich meine, was zum Teufel soll denn das alles? Wir wollten zusammen hierher kommen und auch zusammen was machen und zwar nur wir beide… Herr Gott, ich hab dich fast die ganze letzte Woche kaum gesehen… Ich hab mich so drauf gefreut, endlich mal in aller Ruhe was mit dir machen zu können und du spielst lieber mit den Hässlich Grässlichen vom Planeten Brechreiz Beachvolleyball!"

Ich habe eigentlich vor, in erster Linie anklagend zu klingen, aber stattdessen höre ich mich nur verletzt an. Und das hasse ich dermaßen von meiner Person.

Es raschelt neben mir, dann spüre ich eine Hand, die mir über den Rücken streicht und sich meinen Nacken sanft hochschiebt, mir schließlich zärtlich durchs Haar fährt. Ich bin etwas perplex, derartige Liebensbekundungen in aller Öffentlichkeit sind bei ihm eher der Ausnahmefall, aber ehe ich mich versehe, zieht er mich auch schon leicht an sich, bis meine Wange an seiner Schulter liegt.

Der Geruch von Schweiß und Sonnencreme steigt mir in die Nase. Merkwürdigerweise finde ich daran jetzt nichts Widerliches.

„Ich weiß. Und ich hab mich auch auf dich gefreut, aber…"

Sein Atem streift mein Ohr und ich bekomme trotz der Hitze eine Gänsehaut.

Ich setze mich wieder aufrecht hin und sehe ihn direkt an. Wieder bin ich einen Moment von der Intensität seiner Augenfarbe und den leichten Reflexionen in seinem schwarzen Haar abgelenkt. Von den Lippen, die jetzt leicht geöffnet sind und die in mir Bilder wachrufen, Erinnerungen an die gestrige Nacht und daran wie viele Tabus diese Lippen in dieser Nacht gebrochen haben.

„Aber was, Dylan? Was? Warum immer noch diese Heimlichtuerei? Du siehst diese Idioten doch gar nicht mehr. Es ist doch egal, was sie von dir denken!"

Eigentlich ist es sinnlos, das zum Thema zu machen. Ich weiß nicht, wie oft wir schon darüber gestritten haben, zu oft, meiner Meinung nach.

„Natürlich ist es das, aber… was ist, wenn meine Eltern dann irgendwie Wind davon bekommen?

So was spricht sich schnell rum.", erwidert er und jetzt klingt seine Stimme wieder fest und tief.

„Dylan, das ist Schwachsinn. Deine Eltern haben keinerlei Kontakt zu denen, die kommen fast alle von außerhalb. Und außerdem, selbst wenn….na und? Deine Eltern werden es früher oder später sowieso erfahren…es sei denn, du hast dir das mit uns noch mal überlegt.", setze ich noch nach, ohne zu wissen, was ich da sage, bevor es ausgesprochen ist. Und als es ausgesprochen ist, bin ich selbst fast bestürzter als er.

Denn das ist es. Das ist der eigentliche Grund, warum ich so scheiße drauf bin, warum mich der Himmel und alle anderen ankotzen, warum ich Heike am liebsten kreuzigen würde.

„Ich hab Angst.", kommt es dann fast genauso unwirklich über meine Lippen.

Dylan ruckt automatisch näher zu mir herüber und hebt mein Kinn mit seiner rechten Hand an. Jetzt ist er es, der mich fragend ansieht.

„Wovor denn?"

Ich spüre ein Brennen in meinen Augen, kämpfe es aber nieder. Ich habe seit acht Jahren nicht mehr geweint und ich werde soweit ich kann nie wieder damit anfangen. Vor allem nicht vor Dylan.

„Wovor wohl!?", knurre ich stattdessen, nur deswegen noch in normaler Lautstärke, weil diese Sache hier nicht das halbe Schwimmbad hören soll.

„Davor, dich zu verlieren, verdammt noch mal!"

Wieder dieses bekiffte Brennen. Diesmal muss ich die Augen sogar schließen und mit Zeigefinger und Daumen den Nasenrücken massieren um es niederzuringen.

Jetzt steht tatsächlich Verwunderung in Dylans Blick. Er wirkt sogar leicht schockiert.

„Tyler, das ist Blödsinn! Warum solltest du mich verlieren?", fragt er und greift unbewusst nach meiner Hand, die sich ins Handtuch krallt. Was ich auch erst jetzt bemerke. Sie zittert richtig.

„Ach, ist es das?! Na, ich weiß nicht, nach was sieht das für dich denn aus, wenn dein eigener Freund dich bei jeder sich bietenden Gelegenheit zum Kumpel degradiert und ihm scheinbar die ganze Welt und deren Ansichten wichtiger sind als du selbst!?"

Jetzt wirkt er sichtlich getroffen. Und besorgt. Ich weiß nicht, ob ich mich deswegen besser fühlen soll. Ich weiß überhaupt nicht, wie ich mich fühlen soll. Wie konnte das hier alles bloß zu einem Seelenstriptease mutieren, verdammt?

„Ty, scheiße, das stimmt doch gar nicht! Nichts ist mir wichtiger als du!"

Ich spüre seine Hand an meiner Wange.

„Dann zeig das auch mal!"

Die Hand sinkt wieder und ich höre wie er Luft ausstößt.

„Tyler, das....das ist alles nicht so einfach für mich.", rechtfertigt er sich und dafür könnte ich ihn erwürgen. Allein für diesen Satz. Trotz aller Liebe.

„Denkst du etwa, das ist einfach für mich? Immer darauf zu

achten, was ich mache und sage? Mich jedes Mal erst dreimal zu vergewissern, ob jemand in der Nähe ist, wenn ich dich küssen möchte?", ich beiße mir auf Lippe und atme dann geräuschvoll aus, „Jesus, Dylan, ich will ja gar nicht, dass du mir vor aller Welt einen Heiratsantrag machst oder mich vor versammelter Belegschaft vögelst, ich möchte bloß…ich möchte dich küssen dürfen, wenn ich dich küssen will, ich möchte mich auch außerhalb deiner und meiner vier Wände als dein Freund fühlen und…und nicht so alleingelassen."

Dann sehe ich ihn an und ich weiß mit einem Mal, dass das hier ein entscheidender Punkt ist. Vielleicht sogar der entscheidendste von allen. Und ich habe kein gutes Gefühl dabei.

„Ich musste bisher immer allein mit Leuten wie Heike klarkommen, mir ihren Sprüchen und Witzen und diesem beschissenen Gelächter. Und glaub mir, das waren keine tollen Erfahrungen. Es waren Scheißerfahrungen und es war umso beschissener, als dass ich fast die Hälfte meines Lebens über diese Sprüche und Witze nachgedacht habe, ob ich wollte oder nicht. Selbst jetzt denke ich noch darüber nach und das kotzt mich an. Aber seit ich mit dir zusammen bin, ist es halb so schlimm, weil ich dachte, dass ich mit diesen Leuten und der Intoleranz und dem ganzen Scheiß nicht mehr allein klarkommen müsste…aber genau das muss ich….und ich weiß nicht, ob ich das kann."

Es wird ruhig und ich komme mir vor, wie in einem schlechten Film. Es scheint so unwirklich, alles. Ich kann das nicht wahrhaftig gesagt haben. Ich kann einfach nicht. Meine Reden haben sonst in etwa den Inhalt einer Pizzabestellung und jetzt kommt so ein Seelenmüll da raus! Das, das ist doch alles scheiße.

Ich lass meinen Kopf gegen mein Knie sinken und schließe die Augen. Ich will jetzt nichts mehr sehen. Nicht diesen blauen Himmel oder die Leute. Und vor allem nicht Dylan. Nicht ihn. Nicht jetzt.

Herr Gott, ich will ihn doch nicht verlieren! Nicht so, nicht hier, einfach gar nicht. Warum geht das nicht einfach?

Ein Schatten fällt auf mich und im ersten Moment denke ich, dass es Dylan ist, der verschwindet, aus dem Schwimmbad und aus meinem Leben. Doch dann dringt eine näselnde Stimme an mein Ohr und ich möchte sterben.

„Hey, Dylan, Lust auf eine Revanche?"

Heike. Bei allen Göttern und Götzen, warum ausgerechnet Heike? Hasst Gott mich? Ist es das? Nimmt er es mir übel, dass ich ‚in Sünde' lebe? Wenn das so ist, kann er mich mal kreuzweise an meinem schwulen Arsch lecken!

„Nein, danke.", kommt es etwas stumpf von der Seite.

Wenigstens ist er noch da.

Mehr Schatten fallen auf mich, anscheinend baut sich gerade der ganze Trupp wieder vor uns auf.

„Wieso denn nicht? Wird bestimmt lustig!"

Allein schon für die Tonlage ihrer Stimme sollte man diese Frau steinigen lassen.

„Ich sagte doch schon, nein.", kommt es bestimmter und – ich bin verwirrt – etwas leicht ärgerlich?

Der Schatten in der Mitte bewegt sich, vermutlich stemmt diese lebende Gummipuppe gerade die Hände in die auslandenden Hüften und streckt ihren Atombusen zu Demonstrationszwecken vor.

„Was hält dich denn auf? Etwa die kleine Tunte hier? Och, was hat sie denn? Menstruationsbeschwerden? Oder hat sein letzter Stecher etwas zu tief gebohrt?"

Daraufhin kichern die anderen gleich los und ich spüre wie ich meine Hand zur Faust balle. Ich weiß, dass man Frauen nicht schlägt und ich werde es auch nie wieder tun, aber irgendwann ist Schluss. Ich sehe zu ihr auf und will gerade aufspringen, da kommt mir Dylans Stimme zuvor. Eine Stimme, die verwirrenderweise weder laut noch schneidend ist. Sondern irgendwie… rau, anrüchig.

„Mal ganz davon abgesehen, dass du damit wohl eher Probleme haben dürfest, aber nein, ich denke, ich war ganz sanft und vorsichtig oder hab ich dir wehgetan, Hübscher?" Seine Hand legt sich um meine Hüfte und zieht mich näher an ihn heran. Dann spüre ich plötzlich seinen Mund an meiner Schläfe, seine Lippen, wie sie meine Haut berühren und mich neckend küssen.

Ich bin so verblüfft, dass ich nur noch darauf warte, meinen Unterkiefer auf dem Boden aufschlagen zu hören. All meine Wut ist weg, futsch, verraucht. Heike mir gegenüber muss in den vorangegangenen Sekunden einen Empathiekurs gemacht haben, denn sie sieht genauso verwirrt aus wie ich mich fühle.

„Ähm….Wie bitte? Dylan…? Was…?", stammelt sie und schafft es dabei erstaunlich oft nach Luft zu schnappen. Die Aspiranten hinter ihr machen es ihr nach. Man könnte glatt meine, die hätten das einstudiert.

„Tut mir Leid, dass ich so blöd und stur war.", dringt es ganz leise an mein Ohr und der tiefe Bass von Dylans Stimme geht mir durch Mark und Bein, „aber ab jetzt hast du Unterstützung, Ty. Versprochen."

Wie zur Bestätigung dreht er mein Gesicht zu sich und küsst mich auf den Mund, und das auf ganz und gar nicht anständige Weise.

„Scheiße, bist du etwa auch eine Schwuchtel?", meldet sich einer von Heikes Backgroundluftschnappern zu Wort und klingt in etwa so angeekelt, als würde er ein platt gefahrenes Tier begutachten.

Wieder wird Dylan entgegen meiner Erwartung nicht sauer. Er unterbricht unseren Kuss und sieht mich mit einem Blick an, als wolle er sich dafür entschuldigen, dass er einem Kleinkind noch eben erklären müsse wie man aus einer Flasche trinkt.

„Wow, bist du so begriffsstutzig auf die Welt gekommen oder mussten dich deine Eltern dafür ein paar Mal aus dem elften Stock schmeißen?", kontert er gelassen und strahlt so viel Selbstbewusstsein aus, dass der andere nur verlieren kann.

Zu meiner Überraschung fängt eines der anderen Mädchen aus der Gruppe an zu lachen. Ich weiß ihren Namen nicht mal mehr, aber ich erinnere mich, dass sie eine der wenigen war, die zumindest so viel Anstand hatten, nur oberflächlich mit zulachen, wenn Heike ihre Possen riss.

„Kein Wunder, dass du durchs Abi gerasselt bist.", kichert sie und lenkt damit das Gelächter endgültig um. Es ist zwar ein gezwungenes Gelächter, zumindest bei allen anderen, aber es ist trotzdem eine Erleichterung, obwohl ich mir inzwischen sicher bin, dass es mir nichts mehr ausmachen würde, wenn sie über mich lachen würden.

„Ach, halt die Klappe.", murrt der offenkundige Bruchpilot und trollt sich Richtung Schwimmbecken. Fast alle folgen ihm nach und nach. Nur Heike und die Unbekannte bleiben. Letztere jedoch nur kurz um mir fast schon verschwörerisch zuzuzwinkern und sich dann den anderen anzuschließen. Ich weiß nicht recht, was ich davon halten soll, aber im Grunde ist es mit auch egal. Genauso egal wie die Gewissheit, dass die anderen vermutlich jetzt über uns ab lästern werden. Sie werden es als SMS verschicken und in ihre Handys sprechen und dabei ganz fürchterlich aufgeregt und angewidert klingen, aber das juckt mich nicht. Nicht mal Heike juckt mich noch.

„Is noch was?", frage ich unschuldig und mit einem breiten Grinsen im Gesicht.

Sie erdolcht mich mit Blicken und schürzt ihren Mund angriffslustig.

„Was hat der Bastard mit dir gemacht?", knurrt sie Dylan an und in ihren Augen kann man sehen, dass sie immer noch versucht, alles zu verleugnen. Es wirkt fast komisch.

„Ah, ich weiß nicht, ob du schon alt genug bist um das zu hören.", grinst mein Freund sie genauso breit an, wobei ich es mir nicht nehmen lasse, meinen Arm besitzanzeigend um seinen Hals zu legen, „Und jetzt wäre ich dir sehr verbunden, wenn du gehen würdest. Ich will hier noch jemanden flachlegen.", wobei er mich mit einem dreckigen Grinsen und leicht herausgestreckter Zunge anstrahlt.

Ich bekomme nicht mehr mit, ob Heike noch irgendetwas sagt oder macht, denn Dylans Körpergewicht drückt mich auf mein Handtuch zurück, als er sich auf mich schiebt, meine Hände über meinem Kopf ins Gras drückt und mich fordernd küsst. Sein linkes Bein drängt sich frech zwischen meine und drückt gegen meinen Schritt, was mich verhalten in seinen Mund stöhnen lässt. Für ein paar Augenblicke kann ich mich dann auf nichts anderes konzentrieren, als auf das, was seine Zunge mit meiner anstellt. Dann wird mir schlagartig wieder klar, wo wir uns eigentlich befinden und was da gerade eben passiert ist.

Panisch, fast schon hektisch schieße ich zurück in eine aufrechte Position und sehe mich hastig um. Von Heike ist nichts mehr zu sehen, was ich auch nicht wirklich erwartet habe. Und so wie es aussieht, hat auch der Rest der Badeanstalt keinerlei Notiz von uns genommen.

Erleichtert atme ich wieder aus. Und muss gleich darauf lachen, weil mir klar wird, dass ich mich plötzlich auch wie ein verklemmter Verleumder verhalte.

„Hier geblieben.", droht Dylan spielerisch und drückt mich wieder auf das Handtuch, um sich diesmal komplett auf mich zu legen. Ganz langsam, fast als fürchte er den Kontakt, sinkt sein halb nackter, von Sonnenstrahlen erhitzter Körper auf meinen. Das Gefühl seiner samtenen Haut auf meiner schießt wie Feuer in meinen Unterleib und ich muss mir auf die Lippen beißen, als sich sein Schritt gegen meinen drückt.

„Woher der plötzliche Sinneswandel?", frage ich, einfach deshalb, weil ich jetzt irgendetwas sagen muss, da sich mein Mund sonst definitiv eine andere Beschäftigung suchen wird. Eine, die in einigen Kulturen immer noch mit dem Tode bestraft wird.

Er beugt sich herunter und küsst mich zärtlich auf die Oberlippe, ehe er mich mit seinen braunen

Augen auf eine Art ansieht, die sich mir wünschen lässt, dass wir jetzt irgendwo ungestört wären.

„Weil du Recht hattest. Mein Verhalten war Schwachsinn. Immerhin bin ich mit dir zusammen und liebe dich und das sollen ruhig alle sehen.", antwortet er und erst jetzt begreife ich eigentlich erst, was das alles bedeutet. Was das alles für uns bedeutet.

Plötzlich muss ich so breit grinsen, dass es fast wehtut und als ich meine Arme um seinen Nacken lege und dabei durch sein noch mit Sand verdrecktes Haar kraule, sehe ich kurz an seiner Schulter vorbei nach oben und was soll ich sagen. Der Himmel sieht großartig aus.

„Und du bist dir sicher, dass du nicht nur zu lange in der prallen Sonne gewesen bist?", hake ich boshaft nach, worauf er seine Augenbrauen hochzieht.

„Komm schon, Ty, das ist ein großer Schritt für mich."

„Und ein längst überfälliger obendrein.", ergänze ich, zwinker ihm aber ob seines leicht betretenen Gesichtsausdruck verzeihend zu.

„Alles wieder okay mit uns?", fragt er dann wieder so merkwürdig schüchtern und malt unsichtbare Linien um meinen Bauchnabel.

„Klar, mein Großer."

Das Lächeln, das er mir daraufhin schenkt wühlt meinen gesamten Organismus auf.

„Moment…", erwiderte er mit einem verflucht dreckigen Glitzern in den Augen und zieht den Bund meiner Badeshorts hoch um gar nicht vornehm hineinzugucken.

„…meinst du damit mich oder…?"

„Halt ja dein Maul!", fauche ich noch rechtzeitig zurück. Und versuche ihn böse anzufunkeln, was aber nicht allzu gut funktioniert, wenn man gleichzeitig rot wird.

„Was denn? War doch nicht böse gemeint. Im Gegenteil, ich finde es sehr erregend, dass ich diese Wirkung auf dich hab." Wobei er auch gleich mit seiner Hand an meinem Oberschenkel hochfährt und dabei unter die Badeshorts greift. Wieder muss ich mir auf die Lippen beißen, weil ich nicht will, dass der halbe Subkontinent mitbekommt, dass er mich gerade in den Wahnsinn treibt. Zu meinem Leidwesen legt er genau in dem Moment seine Lippen auf meine, was meine wiederum fast schon zwanghaft dazu bringt, sich zu öffnen, worauf mir doch ein recht kegliger, abgehackter Laut entgleitet.

Ich spüre ihn mehr an meinem Mund grinsen, als das ich ihn sehe.

„Scheiße, wenn du wüsstest wie scharf mich das macht, wenn du solche Töne von dir gibst.", raunt er. Als sich dann jedoch sein Becken gegen meines schiebt habe ich sehr wohl eine Ahnung, wie es auf ihn wirkt, immerhin spannen seine Shorts normalerweise nicht so.

„Dylan, ich finde es wirklich toll, dass du jetzt auch öffentlich zu mir stehst, aber ich glaube, die Leute hier werden es nicht klasse finden, wenn wir ihren Sprösslingen jetzt eine praktische Lehrstunde in sexueller Aufklärung geben werden.", stammle ich, weil ich ihm ehrlich gesagt jetzt am liebsten die Badehose vom Leib reißen und mich von ihm in die siebte Dimension vögeln lassen möchte, aber ich auch nicht unbedingt scharf drauf bin, das zur allgemeinen Peepshow avancieren zu lassen. War schon komisch anzusehen.

Zu meiner Erleichterung zieht sich seine Hand zurück und er leckt mir nur noch einmal neckend über den Mundwinkel, ehe er sich wieder erhebt und sich neben mich auf sein Handtuch fläzt, dabei jedoch ein hitziges Glitzern in den braunen Augen, das mir versichert, dass er beabsichtigt, mich bei der nächsten sich bietenden Gelegenheit doch noch flachzulegen, und zwar mit allen fairen und unfairen Mitteln.

„Danke.", murmle ich undeutlich und setze mich aufrecht hin. Bzw. ich habe eigentlich genau das vor, allerdings habe ich plötzlich Dylans Kopf auf meinem Bauch, der mich wieder aufs Herzlichste anstrahlt.

„Was…wird das?", frage ich misstrauisch.

„Was wohl? Ich verbringe Zeit mit meinem Freund.", antwortet er schlicht und ruckt noch etwas hin und her, ehe er einen Arm auf seinen Bauch legt und sich eine Dose Ginger Ale angelt, die er mit einem Zischen öffnet.

Ich muss bei dem Anblick schmunzeln und lege meine Hand an seine Stirn, streichle ihn an der Schläfe und kraule ihm dann durchs Haar. Als er sich daraufhin zufrieden seufzend näher gegen meine Hand lehnt, muss ich sogar lachen.

„Verdammt, ich bin so was von verschossen in dich.", flüstere ich und daraufhin zwinkert er mir verschwörerisch zu.

Eine Weile dösen wir einfach nur herum. Genießen die Nähe des anderen auf so banale Art, dass es fast schon wieder blöd ist. Aber das ist es nicht. Nicht für mich. Nicht jetzt. Genau jetzt könnte ich gar nicht zufriedener und überglücklicher sein als je zuvor.

Als ich wieder zu ihm sehe, ist er eingeschlafen. Er hat den Mund leicht geöffnet und schnarcht leise. Er schmatzt etwas, dann dreht er sich auf die Seite und macht es sich auf meinem Bauch bequem.

Ich sehe zum Beachvolleyballfeld herüber und siehe da, Heike und Konsorten spielen wieder. Die Unbekannte ist auch dabei. Sie fängt meinen Blick zufällig auf und winkt mir zu. Ich nicke leicht zum Zeichen, dass ich verstanden habe. Dann muss sie einen Ball annehmen und ist wieder voll im Spiel. Heike sieht gar nicht mehr zu uns herüber. Aber selbst wenn, es wäre mir egal.

Ich greife umständlich, um Dylan nicht zu wecken, in meine Tasche und hole das Buch wieder heraus. Dann schlage ich die Seite auf, auf der ich aufgehört hatte, lege mir die Tasche wieder in den Nacken, fange an zu lesen und fahre meinem Freund nebenbei auf diese liebevoll geistesabwesende Art durchs Haar.

Und mir ist wieder heiß.

Aber das liegt jetzt nicht nur an der Hitze, sondern vor allem an dem, was Dylan mit mir machen wird, wenn wir erst wieder zu Hause sind.

LEO UND BROOK

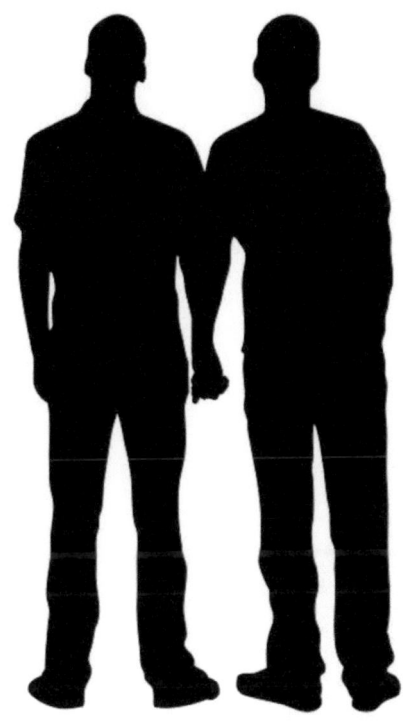

Kapitel 1

Brook dreht sich auf die andere Seite. Hell scheint die Sonne ins Zimmer und taucht Brook in grelles Licht. Obwohl es Winter ist, scheint sie noch immer angenehm warm. Sehr zu Brooks Leidwesen.

„Mhhh! Scheiß Sonne!", nuschelt er verschlafen in sein Kopfkissen. Er hat wirklich keine Lust zum Aufstehen, obwohl schon reges Geschirrklappern aus der Küche zu hören ist. Verschlafen blinzelt Brook dem Licht entgegen. Er sollte Leo in der Küche zur Hand gehen bevor wieder etwas in die Brüche geht.

„Ich bin echt zu weichherzig"

Brook schwingt die Beine aus dem Bett und trottet ins Badezimmer. Spätestens beim Anblick seines Spiegelbildes ist er dann hellwach. Leo wird sich gleich wieder über seine Kratzbürstigkeit beschweren. Das lässt Brook jedoch kalt, er findet sich mit Drei-Tage-Bart so attraktiv, dass er sich beherrschen muss, nicht jeden Morgen mit seinem Spiegelbild zu flirten. Leo macht sich darüber lustig. Er kann das auch nicht verstehen.

Ein verführerischer Frühstücksduft zieht durch die Wohnung. Losgerissen vom Spiegel betritt Brook die Küche. Der Tisch ist schon gedeckt, ein Adventsgesteck brennt und heißer Kaffee dampft aus zwei Tassen. Leo dreht sich zu Brook um: „Setz dich. Spiegelei ist gleich fertig."

Lächelnd betrachtet Brook Leo. Er ist wirklich eine Hausfrau. Am liebsten würde er ihn auf den Arm nehmen, ihn ins Bett tragen und den Rest des Tages dort verbringen. Aber jetzt hat er erst mal

Hunger. Die Spiegeleier brutzeln in der Pfanne, weshalb sich Leo wieder dem Herd zuwendet. Leise schleicht sich Brook von hinten an ihn heran und legt ihm die Arme um die Taille. Leo lehnt sich an ihn: „Na? Hast du gut geschlafen?"

„Nö, ich habe mir fast die Füße abgefroren."

Leo kichert. „Du musst die Füße auch nicht immer aus dem Bett hängen lassen. Und jetzt musst du mich mal loslassen."

Leo greift nach der Pfanne um die Spiegeleier auf die Teller zu legen.

„Halt! Das mache ich" Brook nimmt ihm die Pfanne aus der Hand. „Sonst können wir wieder vom Boden essen."

Leo macht ein ärgerliches Gesicht. „Sei froh, dass ich dir überhaupt etwas koche. Ohne mich wärst du aufgeschmissen."

Brook verdreht die Augen. Ja, vielleicht stimmte es. Er hat nicht viel Ahnung vom Haushalt, aber er ist wenigstens nicht so gefährdet wie Leo. Natürlich muss er zugeben, dass Leo trotz seiner Behinderung sehr gut zurechtkommt. Man kann von einem Blinden schließlich keine Wunder erwarten.

„Gibst du mir die Butter?", verlangt Leo.

„Hier" Brook drückt ihm die Butterdose in die ausgestreckte Hand. Fasziniert beobachtet er Leo dabei wie er sein Brötchen mit Butter bestreicht. „Wollen wir heute in den Park gehen? Es hat wieder geschneit und wir könnten eine Schneeballschlacht machen."

Leo lässt das Messer sinken. „Haha. Sehr witzig. Und wie soll ich dich treffen?" Er findet es nicht lustig, wenn Brook spricht ohne vorher nachzudenken. Leos Blindheit ist immer noch ein wunder

Punkt. Er ist seit seiner Kindheit blind, seit seiner Geburt um genau zu sein. Er sieht die Dinge und Menschen mit den Händen, mit der Stimme und dem Gefühl. Leo selbst versuchte Brook einmal seine Vorstellung eines Menschen zu verdeutlichen. Er sagte, jeder Mensch sei mit einer Art Aura umgeben, wie Nebel der am Morgen um die Küste wabert. Man bemerke einfach, dass man nicht alleine in einem Raum sei. Leo behauptete sogar, er könne durch diese Aura Brooks Stimmung erkennen.

Natürlich war das für Brook nicht alles nachvollziehbar.

„Komm schon Leo. Heute ist Sonntag, mein freier Tag. Sei kein Frosch.", bettelt Brook.

„Na gut. Aber wenn ich nur einen Schneeball abkriege, gehen wir nach Hause."

Kapitel 2

Es hatte die ganze Nacht geschneit, sodass der Schnee kniehoch lag. Brook und Leo sehen komisch aus. Weil Leo Angst hatte, er könne ausrutschen und über einen Stein stolpern, klammert er sich an Brooks Arm fest. Der Blindenstock steht warm und trocken zu Hause. Er würde aber auch nicht viel nützen in dem Tiefschnee.

„Nicht so schnell Brook! Wo willst du denn so eilig hin?", jammert Leo.

„Ich will noch eine gute Bank abkriegen. Es ist bestimmt voll im Park." Brook zieht Leo an sich und legt seinen Arm um seine Taille.

„Brook! Wenn uns so einer sieht!" Leo hat immer noch Angst vor der wahrscheinlich negativen Meinung anderer Leute über seinen ungewöhnlichen Lebensstil.

„Was ist denn mit dir? Es kann uns doch egal sein, was andere denken. Wenn es dich so stört, dann behaupten wir eben, dass ich dich stützen muss, weil du deinen Stock vergessen hast" Brook sieht ihn an. Leo ist ganz rot im Gesicht geworden und das liegt nicht an der Kälte.

„Oh wie süß! Dir ist das peinlich", neckt Brook ihn.

„Du bist doof! Ich mache mich das nächste Mal auch über dich lustig!", trotzig bleibt Leo stehen, wie ein Kind im Spielzeugladen, „Ich bin eben nicht so selbstbewusst wie du, was vielleicht auch verständlich ist. Und überhaupt…"

Brook lässt ihn gar nicht ausreden. Die Leier kennt er schon. Er hält Leos Kopf in beiden Händen und küsst ihn.

„Bist du jetzt ruhig? Oder muss ich es dir noch deutlicher zeigen?", fragt Brook, „Du sollst dir nicht so viele Sorgen machen darüber was andere denken. Ich weiß gar nicht warum es dich so stört. Ich meine du siehst du gar nichts."

„Oh Mann! Wie kannst du nur so etwas sagen? Ich bin zwar schon mein ganzes Leben lang blind, aber meinst du nicht, dass es mich stört, wenn ich mir das Getuschel anhören muss. Und du sagst, ich soll mich doch nicht so anstellen?", schreit Leo Brook an. Leo stößt ihn weg und geht mit um sich fuchtelnden Armen den Weg zurück.

„So eine Scheiße!", flucht Brook und folgt Leo mit einigem Abstand. Er könnte es nicht verantworten ihn alleine nach Hause gehen zu lassen.

„Leo warte! So war das doch gar nicht gemeint."

In dem Moment steuert Leo geradewegs auf einen Laternenpfahl zu.

„Leo! Stopp! Halt an!"

Zu spät. Leo ist direkt mit der Laterne zusammengestoßen und plumpst in den Schnee. Brook eilt herbei und hockt sich neben ihn.

„Alles okay? Hast du dir wehgetan?"

Leo presst eine Hand an die Stirn und greift mit der anderen nach Brooks Ärmel: „Bring mich nach Hause."

Kapitel 3

Weil Leo den ganzen Rückweg über Kopfschmerzen klagte, liegt er mit einer Wärmflasche im Bett. Vom Zusammenstoß mit der Laterne ist nur eine Beule zusehen. Brook kocht in der Küche eine Suppe als Mittagessen. Ihm tut es immer noch wahnsinnig leid, Leo so geärgert zu haben. Es war nicht seine Absicht ihn zu verletzen. Ein Glück ist nicht mehr passiert.

Die Suppe ist fertig. Brook nimmt den Topf vom Herd, füllt die Suppe in zwei Schüsseln und trägt sie ins Schlafzimmer.

„Hast du was zu essen gemacht?"

„Jupp. Es gibt Suppe mit Nudeln. Hier" Brook reicht Leo die heiße Suppe während er sich zu ihm aufs Bett setzt.

„Danke."

Schweigend löffelt jeder vor sich hin und hängt seinen Gedanken nach.

Dann bricht Leo das Schweigen: „Warum interessiert es dich nicht, was andere sagen oder wie sie über uns reden? Für dich muss das doch auch schlimm sein, schließlich kannst du sie dabei sehen"

Brook schaut von seiner Suppe auf. „Warum es mich nicht interessiert? Gute Frage", er stützt das Kinn mit der Hand, „Vielleicht will ich einfach nicht auf die Meinung anderer Leute Rücksicht nehmen. Ich will so leben. Vor allem mit dir."

Leo lächelt.

„Wieso lachst du? Ich meine alles ernst was ich sage.", sagt Brook beleidigt, was Leo erst recht zum Lachen bringt. Dann antwortet er: „Das ausgerechnet du so was sagen kannst. Du bist abweisend zu mir, beleidigst mich regelmäßig und bist dazu noch super eingebildet und... und ausgerechnet du sprichst von Liebe, wo du mehr Frauen hast als ein Ölscheich! Mich inklusive. Und das ist es was mich stört:", Leo hat sich aufgerichtet und deutet in Brooks Richtung, „Du denkst nur an dich."

„Nein, ich denke nicht nur an mich. Und das mit dem Ölscheich hast du mit Absicht gesagt. Du bist manchmal ganz schön gemein.", Brook ist wirklich beleidigt, „Außerdem bringen mich die Leute zum Nachdenken, aber ich mache mir keinen Kopf darüber, denn ich will so sein. Willst du das denn nicht verstehen?"

Leo ignorierte die Frage: „Du willst dein ganzes Leben lang als Schwuchtel beleidigt werden? Und es soll mir nichts ausmachen, mich als blinde Schwuchtel bezeichnen zu lassen?"

Jeder steht auf seiner Seite des Betts und beschimpft den anderen auf Übelste.

„Ja und? Du bist nicht nur eine blinde Schwuchtel, du bist auch noch ein verdammtes Weichei! Du gehst mir auf den Keks mit deiner Übervorsichtigkeit. Ja, du bist blind, aber nicht schwerstbehindert."

„Du gehst mir auch auf die Dachrinne. Du Schwuchtel!"

Brook fehlen für ein paar Sekunden die Worte. „Du kleines Miststück! Du hast mich doch die ganze Zeit genervt. Du hast dich mir ja förmlich in den Schoß geworfen."

Leo steht der Mund offen, er ist sprachlos. Aber Brook hört noch nicht auf: „Und weißt du was? Im

Bett bist du schrecklich. Es ist anstrengend dich überhaupt dazu zu bewegen."

„Ach ja? Meinst du wirklich, du wärst so geil, dass niemand dir widerstehen kann? Ich langweile mich."

Brook guckt Leo an wie der hungrige Löwe, der sich auf seine Beute stürzt.

„Als ob du jemals Lust hattest. Wenn du noch ein Wort sagst, egal was, kannst du was erleben." Brook ballt die Fäuste. Einerseits weiß Leo nicht ob Brook seine Drohung tatsächlich wahr machen würde, andererseits kann er sich die Bemerkung, die ihm schon auf der Zunge brennt, nicht verkneifen: „Versuch es doch, das traust du dich nicht. Du bist…" Brooks Faust trifft ihn hart an den Kopf. Er taumelt rückwärts und rutscht an der Wand entlang zu Boden. Leo presst die Hand an die Wange. Blut tropft auf den Teppich. Herablassend blickt Brook zu ihm herunter. Seine Augen sind vor Hass zu Schlitzen verengt. „Du bist selber schuld." Mit diesen Worten verlässt Brook die Wohnung.

Kapitel 4

Brook setzt sich ins Auto und fährt ins Nirgendwo. Mitten auf der Autobahn kommt ihm ein Gedanke wo er die Nacht verbringen könnte. Er nimmt die nächste Ausfahrt. In ein paar Minuten ist er da. Er parkt seinen Wagen und stellt den Motor ab. Seine Gedanken kreisen immer noch um Leo und seine verletzenden Worte. Eigentlich wollte er Leo nicht schlagen und auch war er nicht auf Streit aus. Warum musste Leo nur immer so streitsüchtig sein?

Langsam wird es dunkler. Die Scheiben des Wagens beginnen von außen von Eisblumen einzufrieren und von innen vor Feuchtigkeit zu beschlagen. Wie gern wäre er jetzt bei Leo, wie gern hätte er ihn getröstet uns wie gern hätte er sich tausend Mal entschuldigt. Er weiß, dass auch Leo seine Worte leidtun und er weiß auch, dass Leo ihn nicht provozieren wollte. Doch Brook ist zu verständnisvoll um jetzt wieder nach Hause zurückzufahren. Beide brauchen den Abstand voneinander. So übernachtet er im Auto.

Kapitel 5

In seinen Gedanken ist Leo bei dem gestrigen Streit. Brook ist einfach aus dem Haus gegangen. Na ja, was heißt einfach. Er hat Leo einen eine schallende Ohrfeige gegeben. Die Wange schmerzt immer noch und ist angeschwollen. Langsam steht Leo auf. Die Wohnung erscheint ihm ohne Brook leer und kalt.

„Wo hat er wohl die Nacht verbracht?", fragt sich Leo, „Wahrscheinlich im warmen Bett einer Frau. Mich braucht er wohl nicht."

In Leo steigt die Wut auf, an der immer mehr die Hilflosigkeit nackt. Was würde mit ihm passieren, wenn Brook nicht wieder nach Hause käme? Er liebt Brook, doch er weiß nicht wie viel er hm bedeutet, nachdem was Brook gestern Abend getan hat. Trotzdem würde Leo alles tun um seinen Geliebten wieder bei sich zu haben. Und all die Dinge, die gestern gesagt oder getan wurde, sind vergessen.

Leo legt sich aufs Bett und versucht einzuschlafen. Nach einiger Zeit beschließt er sich etwas zu essen zu machen. Ein voller Bauch beruhigt. „Mhhh. Was koche ich mir den mal? Eine Suppe am besten." Wenig später ist die Kochmischung aufgekocht und Leo füllt sie in eine Schüssel um, als das Türschloss knackt. Die Haustür wird aufgeschoben, jemand betritt die Wohnung und zieht Schuhe und Jacke aus. Leo steht da in der Küche mit einer heißen Schüssel in der Hand und rührt sich nicht von der Stelle. Er weiß, dass der Ankömmling um 05:00 Uhr morgens nur Brook sein kann. Aber er sagt keinen Ton.

Brook schaltet im Flur das Licht an und geht dann in die Küche. Jemand steht mitten im Raum mit der Schüssel in der Hand. Brook tastet nach dem Schalter. Leo steht vor ihm und glotzt ihn geschockt an. Sie stehen sich schweigend gegenüber. Plötzlich zerschellt Porzellan auf den Fliesen und Suppe verteilt sich über die Scherben und Boden. Leo wappnet sich gegen einen bissigen Kommentar, doch Brook seufzt nur, nimmt das Geschirrtuch und wischt wortlos die Suppe weg. Leo hat sich nicht vom Fleck bewegt und fängt zu heulen an. Brook sagt nur: „Freust du dich so sehr, mich zu sehen, dass du alles fallen lässt um mich zu begrüßen?"

Leo ist gar nicht in der Lage zu antworten. Er schluchzt und schnieft wie verrückt. Auch Brook bemerkt, dass die Nacht auch für Leo nicht besser gewesen ist als für ihn. Langsam kommt er näher, doch Leo läuft ins Schlafzimmer. Brook folgt ihm.

„Beruhige dich doch endlich! Wieso weinst du?"

„Ich will mich aber nicht beruhigen. Wo warst du die ganze Nacht? Aber nein, warte. Ich weiß es sowieso. Na welche war es dieses Mal, welche von deinen Frauen?" Leo schluchzt weiter und Tränen strömen über sein Gesicht.

„Ich habe die Nacht im Auto verbracht. Ich war bei keiner Frau, ich habe keine Frauen. Ich lebe nur mit dir." Die Worte verströmen eine solche Zärtlichkeit und Liebe aus, dass Leo wohlige Schauer über den Rücken laufen. Leo hört auf zu schluchzen. Er guckt etwas verwirrt drein. Brook kommt langsam auf ihn zu und dieses Mal läuft Leo nicht weg. Er zieht ihn an sich heran, beugt sich herunter und küsst ihn sanft.

„Darf ich dich küssen?", fragt Brook und küsst ihn weiter.

„Tust du doch schon", murmelt Leo zwischen seinen Lippen.

Die Küsse werden zunehmend heißer und breiten sich zu seinem Hals aus. Mit warmen Händen streift er Leos Pyjama herunter.

„Sag mal. Wollen wir hier etwa die ganze Nacht stehen bleiben?", fragt Brook.

„Ist doch schön so. Ich kann deine Wärme und deinen Körper spüren"

„Nein, nein. Ich meine HIER stehen bleiben. Wollen wir nicht ins Bett?"

Beschämt guckt Leo zu Boden. Das reicht Brook als Antwort. Er hebt den Jungen mit beiden Händen auf und trägt ihn ins Bett. Behutsam legt er ihn auf das Bettlacken. Brook knöpft sein Hemd auf, während Leo immer noch sein Gesicht abwendet. „Guck mich bitte an", flüstert Brook.

„Wieso denn?" Er guckt immer noch weg.

„Ich will dein Gesicht sehen. Du hast so ein schönes Gesicht. Wirklich. Ich möchte dich ansehen, wenn ich mit dir schlafe. Denn ich liebe dich und möchte das du glücklich bist." Er spricht ruhig, seine tiefe Stimme lullt Leo ein und sein warmer Körper an Leos bewirkt das Übrige. Leo wendet sein Gesicht Brook zu.

„Die Wange ist ja geschwollen. Ich wollte dich nicht schlagen. Tut es noch sehr weh?" Mit seiner Hand streichelt er liebevoll über die Wange.

„Nein, es tut nicht mehr weh. Komm her und küss mich", hört man Leo leise flüstern.

Brook führt gehorsam aus. Leos Hände tasten sich langsam über Brooks Oberkörper. Als Leo ihm das T-Shirt ausziehen will, fängt Brook seine Hände auf Höhe der eigenen Taille ab und drückt sie auf die Matratze. Von Leo ist ein leises Stöhnen zu hören. Brook unterbricht seine zärtlichen Berührungen um seine Hose auszuziehen und kuschelt sich dann umso dichter an den Kleinen heran.

„Was machst du da?", fragt Leo.

„Ich ziehe dich aus. Du tust ja so als ob ich das noch nie mit dir gemacht hätte."

Dann landet Leos Boxershorts auf dem Boden. Brook streichelt den Jungen überall und seine Küsse wandern immer tiefer.

„Es ist so schön. Nicht aufhören.", seufzt Leo. Er kuschelt sich in den weichen Bettbezug und genießt Brooks Zärtlichkeiten. Dann drückt er Brook an sich, beide wälzen sich übereinander bis Leo seinen Kopf auf Brooks Brust legt und sich an ihn kuschelt.

„Ich will für immer so mit dir liegen bleiben."

Brook zieht die Stirn in Falten: „Nur so liegen bleiben? Mehr fehlt dir nicht zu deinem Glück? Also, mir würde da schon etwas einfallen." Schnell dreht Brook den Kleinen auf den Rücken. Er schmiegt sich immer näher an ihn heran und drückt seine Schenkel auseinander während seine Lippen sich an Leos Hals festsaugen. Leo schlingt die Arme um seinen Geliebten und seine Fingernägel graben sich schmerzhaft in Brooks Rücken, sodass er ihn noch fester an sich drückt. Ihre Hände sind überall, ihre Lippen suchen einander. Brook bewegt sich kraftvoller während Leo aufstöhnt und sich fallen lässt. Sein Gesicht ist von Schweiß benetzt und seine Wangen sind gerötet.

„Brook! Ich komme", stöhnt Leo kaum hörbar.

Brooks Bewegungen werden schneller und das Stöhnen wird lauter bis beide einen Moment verharren. Dann fällt Leo Brook erschöpft in seine Arme. Er bleibt dicht neben Brook liegen, den Kopf auf seiner Schulter und die Arme immer noch um ihn gelegt.

„Leo?" Brook hebt den Kopf. Leo antwortet nicht. Er ist vor Erschöpfung eingeschlafen.

Kapitel 6

Ein penetrantes Geklingel erfüllt Leos Träume. Er wird nur langsam wach. Brook lässt sich von nichts und niemanden aufwecken. Genervt und alles andere als wach tastet Leo nach dem Apparat.

„Ja?"

Die tiefe Raucherstimme von Martin Großkopf, dem Manager von Brook, meldet sich: „Guten Morgen Leo. Ich hoffe, ich habe Sie nicht geweckt."

„Schon okay. Sie wollen sicher mit Brook reden. Aber der schläft noch."

„Das ist mir schon ganz Recht. Ich kann es auch Ihnen sagen. Hätten Sie Interesse an einem Live-Konzert? Sie und Brook zusammen."

Leo ist sprachlos. Er hat sich zwar schon immer gewünscht ein Mal mit Brook zusammen aufzutreten. Doch dass es dazu jemals kommen würde, hätte er nicht gedacht. Brook brachte ihm vor mehr als einem Jahr das Klavier- und Geigenspielen bei. Damals hatte Leo noch bei seiner Familie gewohnt. Brook war damals Leos Geschenk zu seinen 18 Geburtstag gewesen, doch dabei war es nicht geblieben. Leo war fasziniert von diesem selbstbewussten Mann, der viel über die Welt wusste und ihm selbst etwas von diesem Lebensgefühl abgeben wollte. Leos Mutter war geschockt, als sie die Fehlentwicklung ihres Sohnes, wie sie es herablassend nannte, deutlich wurde und Brook Leo den Kopf verdreht hatte. Die Liebe geht seltsame Wege. Für die beiden war es ein langer und harter Weg von England über Spanien in die USA.

Seit zwei Monaten wohnen sie zusammen, seit einem Jahr hat Leo nichts mehr von seiner Familie gehört.

„Sind Sie noch dran Leo?"

„Ja, ja ich bin noch dran. Und ich kann Ihnen versichern, dass wir auf jeden Fall zusammen auftreten werden!"

„Dann ist ja alles geklärt", der Manager hört sich erleichtert an, „Das Konzert findet in zwei Tagen statt. Im Madison Square Garden."

„Wow! Wir sind dabei!"

Damit beendet Leo das Gespräch Wow! Er hat ein Konzert mit Brook. Im NY Garden! Einfach genial. Er am Klavier und Brook spielt die Geige. Das muss toll werden. Die Leute werden nur so ausflippen. Leo kriegt sich nicht mehr ein.

„Brook wach auf! Ich muss dir was erzählen! Brook! BROOK!"

Leo tritt ungeduldig von einem Fuß auf dem anderen. Er hat ein solches Lampenfieber, dass ihm am Morgen schon schlecht war. Brook ist völlig gelassen. Natürlich ist er auch aufgeregt, doch es ist schon eine gewisse Routine dabei. Doch derjenige, der wirklich Blut und Wasser schwitzt, sitzt in der Managerlounge. Eigentlich ist das ganze Projekt ein riesengroßes Risiko. Großkopf kennt seinen Star Brook schon fast zu gut um ihn noch frei herumlaufen zulassen. Doch jetzt ist es zu spät und man kann nur noch hoffen, dass nichts schief läuft.

„Brook ich kann das nicht. Meine Hände zittern so sehr, ich kann nicht mal ein Glas Wasser halten. Wie soll ich denn da Klavier spielen können. Nachher vergesse ich noch die Noten."

Brook nimmt Leos Gesicht in die Hände und stützt seine Stirn an Leos.

„Du schaffst das schon. Die Menschen sind nur hier um uns spielen zu sehen. Da ist es egal, ob du dich verspielst. Außerdem kannst du das im Schlaf."

Brook gibt sich alle Mühe Leo zu beruhigen. In dem Moment kommt ein Regieassistent zu ihnen und kündigt den Zehn-Sekunden-Countdown an. Die Künstler gehen auf ihre Plätze. Das Spotlight geht an. Die Menge jubelt und schreit. Ein unglaubliches Gefühlsfeuerwerk prasselt auf Leo ein. Ein unglaubliches Erlebnis.

Der Bann wird von Brook gebrochen, der Leo an seine Seite zieht.

„Hallo Leute! Toll das ihr alle da seid!", Brook feuert das Publikum an, „Wenn wollt ihr sehen? Wenn wollt ihr hören?"

Leo hört wie die Menge ihre Namen ruft, dazwischen hysterische Schreie und obszöne Zurufe und nicht nur von Frauen. Brook wendet sich an Leo: „dreh dich um und geh zum Klavier. Ich gebe dir deinen Einsatz."

Nervös setzt sich Leo ans Klavier, legt die Hände auf die Tasten und konzentriert sich auf die Notenkombination. Er musste sie alle auswendig lernen. Großkopf hat ihm angeboten einen „Floh" ins Ohr zu setzen, aber dann hätte Leo sich nicht konzentrieren können. „Hoffentlich vergesse ich nichts. Das wäre peinlich."

Da gibt Brook das Zeichen und Leo beginnt eine langsame Melodie zu spielen. Jetzt setzt Brook mit der Geige ein. Das Publikum verstummt, die Künstler verschmelzen mit ihren Instrumenten. Leo braucht keine Noten mehr, er spielt nach reinem Gefühl. Er ergänzt sich mit Brook, fühlt sich mit ihm verbunden. Es kommt Leo so vor als würden sie in diesem Moment miteinander schlafen. Fast zwei Stunden lang befinden sie sich beide in diesem Zustand der Verbundenheit bis der letzte Akkord verklungen ist. Die Zuschauer verhalten sich völlig ruhig, sie sitzen auf ihren Plätzen wie erstarrt. Die Sekunden ziehen sich in der Stille endlos hin.

„Warum klatscht den niemand? Habe ich so schlecht gespielt, dass nicht mal einer klatscht?", denkt Leo entsetzt.

Dann endlich hört man Applause. Erst zögernd, dann aufbrausend zum Orkan. Die Leute springen von ihren Sitzen auf, Kuscheltiere fliegen durch die Luft dicht gefolgt von Rosen und Unterwäsche. Brook kommt zu Leo und nimmt ihn bei der Hand. Sie verbeugen sich mehrfach und bedanken sich. Und Großkopf ist glücklich, dass alles so gut verlaufen ist. Doch er hat sich zu früh gefreut.

In dem Moment nimmt Brook Leo in die Arme und küsst ihn.

Die Frauen hören auf zu schreien und die Männer vergessen zu klatschen. Ein Aufschrei geht durch die Menge. Dann ist es still.

Martin Großkopf wird mit einem Herzinfarkt ins Krankenhaus eingeliefert während Leo und Brook heimlich das Gebäude verlassen. Sie flüchten mit dem Auto in die Stadt und hängen die wenigen Fotografen ab. Als Brook sich sicher ist niemanden mehr als Verfolger zu haben, lenkt er den Kombi in eine Tiefgarage.

WASSERSPIELE

Draußen wurde es allmählich immer dunkler und die Straßenbeleuchtung hatte sich bereits eingeschaltet. Wenn er sein heutiges Vorhaben noch vor Shawns Rückkehr in die Tat umsetzen wollte, dann musste er sich beeilen.

Sam verlagerte die schwere Einkaufstüte von der linken in die rechte Hand und zog sein Schritttempo an. Nur noch zwei Häuserblocks trennten ihn von ihrer gemeinsamen Wohnung. In Gedanken ging er seinen Plan noch einmal durch. Heute war für ihn der Tag der Tage, und ein äußerst bedeutungsvoller für Verliebte. Welch ein Zeitpunkt würde sich besser für die vier berühmten Worte eignen, als der Valentinstag?

Seit sechs Jahren waren Shawn und er schon ein Paar. Bis sie jedoch zusammenkamen und zum ersten Mal küssten, hatte es lange gedauert. Wenn Shawn an diesen Abend zurückdachte, musste er unweigerlich schmunzeln. Es war Halloween gewesen. Sie beide waren auf eine der großen Uni-Partys eingeladen, die seine beste Freundin Kathy jedes Jahr veranstaltete. Shawn hatten die gleichen Fächer belegt wie er, aber sie hatten sich nie wirklich gemocht. Das war vielleicht zu nett daher gesagt. Eigentlich hatten sie sich nicht ausstehen können. Shawn wollte immer besser sein als Sam, während Sam Shawns arrogante Art abstoßend fand.

Diese schicksalhafte Nacht hatte jedoch alles verändert.

Wie es Kathys Art war, sollte jeder Gast verkleidet kommen. Sam entschied sich kurzerhand, als Zorro aufzukreuzen. Schwarze Hose, schwarzes Hemd, das er nur zur Hälfte zugeknöpft hatte, und nicht zu vergessen die verwegene Augenmaske. Sams Pendant tauchte als verführerischer Don Juan DeMarco, aus dem gleichnamigen Film auf, und raubte ihm noch in dieser Nacht all seine Vorurteile, die er jemals gegen Shawn gehegt hatte. Und umgekehrt war es ebenso gewesen. Die Zeit vergeht und vergeht.

Fünf Minuten später erreichte Sam endlich den Hauseingang und blickte nach oben. Für einen kurzen Moment fühlte er die Enttäuschung. Denn im Wohnzimmer brannte Licht. Das war das Aus für seine Überraschung. Dabei hatte er extra noch am Nachmittag mit Shawn telefoniert und nachgefragt, wann er Feierabend machte. Als aufstrebender Arzt in der Londoner Tierklinik kam es oft vor, dass Shawn Überstunden aufgehalst bekam, und mit diesen hatte er auch fest gerechnet. Während er, Sam, als Gerichtsmediziner mit vielen Kollegen zusammenarbeitete, die für ihn auch einspringen konnten. Und genau so ein Fall war eingetreten, als er vor zwei Stunden die Pathologie verlassen hatte.

Eilig schloss Sam die Tür zum Hauseingang auf, stürmte die Treppen in den zweiten Stock hinauf und blieb vor der Haustür zur Wohnung stehen. Leise Musik drang an sein Ohr. Ein wenig überrascht, aber umso neugieriger, öffnete er die Wohnungstür. Er stellte die Einkaufstüte ab und zog seine Jacke aus, die er einfach auf den Boden fallen ließ. Denn sein Blick richtete sich auf eine Reihe brennender Teelichter, die von roten und weißen Rosenblüten umrahmt waren. Mit klopfendem Herzen folgte er der Spur aus Lichtern direkt bis zum Badezimmer.

Seine Enttäuschung war vergessen und voller Vorfreude öffnete er die Tür. Aufgeregt wanderte sein Blick durch den kleinen Raum, der mit weißen Marmorfliesen ausgelegt war. Auf dem breiten Rand der eingebauten Eckbadewanne hatte Shawn ebenfalls eine Reihe brennender Teelichter aufgebaut. Auf dem Waschbeckenrand und auf dem Boden brannten ebenfalls Kerzen in verschiedenen Farben und Formen. Aus der Wanne, die mit dampfendem Wasser gefüllt war, schlug ihm der Duft von Vanille entgegen. Das Fenster neben ihm war mit einem dunkelblauen Samtvorhang bedeckt.

Romantischer hätte er es nicht arrangieren können, dachte Sam mit einem Lächeln auf den Lippen. Doch eine Person fehlte und machte das Bild unvollständig.

»Shawn?«, rief er leise.

Keine Antwort.

Verwirrt verließ er das Badzimmer und eilte in die Küche. Doch auch dort war sein Freund nicht. Nachdem er ihn auch im Schlafzimmer nicht vorfand, hatte er im Wohnzimmer endlich etwas Glück.

Mitten im Zimmer stand Shawn. Seine kurzen blonden Haare waren absichtlich verwuschelt, so wie Sam es an ihm liebte. Er trug eine ausgewaschene Bluejeans, sein Oberkörper war frei. In diesem anzüglichen Aufzug konnte Sam das Tattoo bestaunen, welches Shawns Brust verzierte. Es handelte sich um einen knienden Engel, dessen Flügel zum Flug ausgebreitet waren.

»Du bist schon zu Hause«, stellte Sam fest und schritt langsam auf ihn zu.

Während er sich näherte, blickten sich beide tief in die Augen. Saphirblau traf auf Smaragdgrün. Shawns Augen funkelten und sprachen eine Sprache, die nur sie beiden verstanden.

»Und du bist zu früh«, antwortete Shawn leise und schenkte ihm ein schiefes Grinsen. »Dann muss ich wohl schnell improvisieren.«

»Musst du das?«, hauchte Sam ihm entgegen, als er vor ihm stand, und ihn begierig mit beiden Armen umschlang.

Nur wenige Sekunden später trafen ihre Lippen aufeinander. Sam drang mit der Zunge in Shawns geöffneten Mund und ein wildes Zungenspiel ließ sie für einen Moment alles um sich herum vergessen.

Keuchend lösten sie sich aus dem Kuss und Shawn zog Sam hinüber zum Couchtisch, auf dem ein silberner Kübel mit Eis und einer gekühlten Champagnerflasche darin stand. Zwei Gläser warteten darauf gefüllt zu werden. Aber es war nicht das Arrangement, welches Sam zum Staunen brachte, sondern ein Stück gefaltetes Stück Pergament, das Shawn ihm in die Hand drückte.

»Bevor du es liest, warte noch einen kurzen Augenblick«, raunte er Sam ins Ohr.

Sams Körper reagierte beim sanften Streicheln von Shawns Atmen automatisch, der ihm beim Rückzug bewusst in den Nacken blies. Ein wohliges Kribbeln erfasste seinen Körper und es fiel ihm schwer, nicht sofort über seinen Freund herzufallen. Doch der war längst mit dem Öffnen der Champagnerflasche beschäftigt. Der Korken knallte, dann schwappte ein wenig der perligen Flüssigkeit auf den Boden, bis er den Champagner in die beiden Gläser füllte und die Flasche zurückstellte. Er nahm die zwei Gläser und zwinkerte Sam zu.

»Jetzt darfst du es lesen… ich warte auf dich.«

Hin- und hergerissen zwischen Neugier und Shawn einfach zu folgen, seufzte Sam und entfaltete das Pergament.

»Wenn du das Paradies suchst, folge den Rosen«, las er lautlos und grinste.

Er legte das beschriebene Pergament auf den Tisch und drehte sich um. Sam war erstaunt, als er die Rosenblüten auf dem Boden entdeckte. Die waren ihm zuvor gar nicht aufgefallen. Womöglich, weil er nur Augen und Ohren für Shawn gehabt hatte.

Sofort wusste er, wohin die Rosenspur führte und er war nur zu gerne bereit ihr zu folgen. Diese Überraschung war Shawn zu hundert Prozent gelungen.

Zwei Minuten später stand Sam vor der angelehnten Badezimmertür und roch den verführerischen Vanilleduft. Auf dem Weg hierher hatte er sich seines Hemdes und seiner Jeans entledigt, sowie der Schuhe und Strümpfe. Nun trug er nur noch seine schwarzen engen Boxershorts. Mit schneller schlagendem Herzen und lustvoller Erregung öffnete er die Tür und huschte hinein. Im ersten Moment sah er nur Nebel, bis dieser sich ein wenig lichtete und sein Blick zur Badewanne wanderte. Shawn lag mit einem seligen Schmunzeln im warmen Wasser und beobachtete ihn. Die Champagnergläser hatte er auf dem breiten Wannenrand hinter sich abgestellt. Die Spannung ist ganz verlockend geworden.

»Bin ich hier richtig?«, fragte Sam frech grinsend und kam näher. »Ich soll hier das Paradies finden.«

»Hier sind Sie genau richtig«, antworte Shawn mit einem lasziven Unterton in der Stimme.

»Wenn das so ist, habe ich gegen ein warmes Bad nichts einzuwenden.«

»Dann tun Sie sich keinen Zwang an. Ihr persönlicher Masseur steht Ihnen zur freien Verfügung und ist im Preis inbegriffen.«

Das war für ihn das Stichwort und er entledigte sich auch des letzten Kleidungsstückes. Dabei ließ er Shawn nicht aus den Augen und genoss sein erwartungsvolles Mienenspiel, als er schließlich nackt zu ihm in die Wanne stieg.

Beide saßen sich eine Zeit lang einfach nur gegenüber und versanken in den glänzenden Augen des anderen. Doch dann konnte Sam sich nicht mehr länger zurückhalten. Er wollte den Mann seines Herzens in sich spüren, jeden Zentimeter Haut und Muskeln fühlen und eins mit ihm sein.

Als hätte Shawn seine Gedanken gelesen schloss er genießerisch die Augen und lehnte sich entspannt zurück. Wie ein Aal glitt der schwarzhaarige Sam auf den Blonden zu und schmiegte sich liebevoll an ihn. Dabei begann seine rechte Hand nach unten zu wandern, wo er Shawn immer wieder reizend über die Innenschenkel streichelte, die er mit einem leisen Stöhnen quittierte. Dabei wurden ihre ohnehin schon angeregten Körper von einer unbändigen Welle der Lust erfasst und Shawn ließ sich noch weiter zurückfallen.

»Entspann dich«, murmelte Sam und begann an Shawns Hals zu knabbern, zu küssen und schließlich auch zu beißen, wobei seinem Liebsten immer wieder ein leises Keuchen und Stöhnen entwich.

Sam wusste genau, was sein blonder Lustknabe wollte und nach was er sich sehnte. Doch plötzlich war es nicht er, der den ersten Schritt tat, sondern Shawn, der beide Arme fest um ihn schlang und ihm zuerst zarte, dann immer wildere, heiße Küsse in sein Gesicht hauchte. Shawns Zunge begann mit Sams Zunge zu spielen und beide spürten, wie das Feuer ihrer Leidenschaft intensiver wurde. Shawns Hände streichelten ungezügelt über Sams Schultern, Rücken und über die Brust. Gierig leckte er über die erregten Brustwarzen, liebkoste sie und biss hinein, was Sam mit einem lustvollen Seufzen beantwortete.

Das war genau das, was beide wollten.

Sam ließ seine Hände erneut zwischen Shawns Schenkel gleiten, der augenblicklich in atemloser Spannung zusammenzuckte und aufstöhnte. Sam spürte rasch, wie dessen Glied steif wurde und schmunzelte. Shawns Finger blieben indes nicht untätig und strichen über den Rücken seines Liebsten bis hinunter zu dessen Hintern. Er fing an ihn zu kneten und zu kneifen.

Tief seufzend nahm Sam Shawns Penis lustvoll in die Hand. Dies steigerte unweigerlich ihre Leidenschaft und vor allem Shawn fühlte seine Libido immer stärker in sich aufwallen. Sofort nahm er seine Hände und zog Sams Pobacken weit auseinander. Sein Zeigefinger wanderte zu dem empfindlichen Muskelring, wo er sofort zu spielen anfing. Er stupste ihn immer wieder an und begann ihn mit der Fingerspitze zu stimulieren.

Sam keuchte und stöhnte hemmungslos, als Shawn seinen Eingang immer stärker zu massieren begann. Im Gegenzug streichelte und knetete er das steife Glied seines Partners. Wiederholt strichen seine Finger wie unbewusst über die Eichel, kreisten über die empfindliche Spitze, nur um dann die Finger schnell zurückzuziehen und den enttäuschten Seufzer mit einem gierigen Zungenkuss zu ersticken.

Nicht mehr lange und Sam würde sich nicht mehr zurückhalten können. Er wollte Shawn in sich spüren. Sofort und auf der Stelle.

Das brodelnde Feuer ihrer Leidenschaft erfasste sie nun gänzlich und ein heißkalter Schauer jagte durch ihre erhitzen Körper. Sie fieberten mit hungrigen Küssen auf ihre Vereinigung hin, bis Sam ein Stück nach oben rückte und dann auf Shawns Hüfte saß.

Es dauerte nur wenige Augenblicke und schon drang Shawn in ihn ein, wobei er ein tiefes und wohliges Knurren ausstieß. Sam spürte nicht nur seinen Liebsten in sich eindringen, sondern auch er wurde dabei von einer flammenden Gier ausgefüllt. Und dann packte ihn Shawn an der Hüfte, um zu verhindern, dass er sich im wilden Rhythmus bewegen konnte. Wenn schon genießen, dann so wie Shawn es wollte.

Langsam, und zwar sehr langsam hob Shawn seinen Liebesgespielen an, was ihm ein entzücktes Seufzen entlockte. Denn gleich darauf zog er ihn wieder auf sein steifes Glied zurück und belohnte Sam mit einem lüsternen Schrei, was Sam mit geschlossenen Augen und einem breiten Grinsen zur Kenntnis nahm.

»Ich will mehr«, flüsterte Sam mit anrüchiger Stimme und spürte ein loderndes Feuer durch seine Adern rauschen.

Shawn klammerte sich mit seinen Armen fest um den Körper seines Liebsten. Er presste sich fest an ihn und versenkte sich immer wieder tief in ihn. Shawn spürte dabei die warme Enge, welche seine Lust weiter anfachte. Für ihn existierten nur noch dieser willige und attraktive Körper auf ihm und die gierige, animalische Leidenschaft in seinem eigenen. Liebevoll und dennoch stürmisch zog er Sams Gesicht näher an seines und begann ihn zu lecken, zu küssen und zu knabbern. Und von diesem Moment an gab es für beide kein Halten mehr. Shawn stieß immer wieder zu.

Genussvoll näherten sie sich ihrem Höhepunkt. In lustvollen rhythmischen Bewegungen gaben sie sich ihrer lodernden Gier hin, während Shawn immer und immer wieder Sams empfindlichsten Punkt traf.

»Ich ... ich komme«, stöhnte Sam nach etlichen Minuten der rauschenden Leidenschaft, öffnete die Lider und sah mit seinen funkelnden, saphirblauen Augen in die glänzenden, smaragdgrünen Augen seines Liebsten.

Sam krallte sich an den muskulösen Armen von Shawn fest und dieser spürte, wie sich die Muskeln um sein Glied zusammenzogen. Dann fühlte er, dass er seinen eigenen Höhepunkt nicht mehr länger zurückhalten konnte. Ein letzter tiefer Stoß in die willige Enge und Shawn ergoss seinen Samen in den Mann, den er über alle Maßen liebte.

Stöhnend lag Sam auf seinem Liebsten und genoss das erschöpfende Glücksgefühl, das sich in seinem ganzen Körper ausbreitete. Ein letztes Mal berührten sich ihre Lippen zu einem wilden Zungenspiel, bis sie befriedigt und aneinander gekuschelt im warmen Wasser lagen, und die Nähe ihrer erhitzten Körper genossen. Es war ein prickelnder Augenblick bis jetzt.

»Ich liebe dich, mein Zorro«, flüsterte Shawn nach einigen Minuten.

»Ich liebe dich, mein Don Juan«, wisperte Sam.

»Dann wird es Zeit meiner Überraschung noch den letzten Schliff zu verpassen«, sagte Shawn mit einem geheimnisvollen Grinsen und löste sich von Sam, um nach den Champagnergläsern zu greifen, die immer noch auf dem Badewannenrand standen. Eines davon reichte er an Sam weiter. »Lass uns anstoßen.«

Und das taten sie, als Sam auf einmal etwas Hartes und Rundes im Mund spürte. Vorsichtig nahm er den goldenen Ring zwischen die Fingerspitzen und hielt ihn in das dämmrige Kerzenlicht. Sein Herz machte vor Freude einen Hüpfer.

»Wie du weißt«, begann Shawn, »liebe ich dich. Jeden Tag ein Stückchen mehr. Jede Stunde ohne dich ist eine verlorene Stunde. Ich möchte mit dir auf eine Art verbunden sein, die etwas ganz besonders für uns beide ist. Daher möchte ich dich fragen… willst du mich heiraten?«

Wie vom Donner gerührt blickte Sam auf den Ring, dann in die wundervollsten smaragdgrünen Augen, die er kannte. Im selben Augenblick flatterte eine wilde Schmetterlingsinvasion durch seinen Körper und vollführten Saltos. Er spürte, wie eine vorwitzige Träne seine Wange herunter rann und Shawn sie zärtlich wegküsste.

»Du… du bist mein Ein und Alles«, flüsterte Sam. »Weißt du eigentlich, dass ich heute Abend genau dasselbe vorhatte? Ich meine, nicht die Sache mit der Badewanne, aber ich wollte dich fragen.«

Shawn kicherte. »Ich weiß. Kathy hat es mir verraten, als ich ihr von meinen Plänen erzählte.«

Sam lachte. Das erklärte natürlich alles.

»Und wie lautet deine Antwort?«

»Du bist die Hälfte in meinem Leben, die mich erst zu einem richtigen Menschen macht«, hauchte Sam ihm zu und räusperte sich, um dann mit gefestigter Stimme weiterzusprechen. »Nichts täte ich lieber, als der Welt zu zeigen, dass du mein Mann bist. Ja, ich will dich heiraten.«

Kaum hatte er die Worte ausgesprochen, fielen die Gläser ungeachtet ins Wasser und Shawn steckte Sam den goldenen Ring an den Ringfinger. Ihre Lippen trafen sich und beide versanken in einen alles verlangenden, feurigen und leidenschaftlichen Kuss.

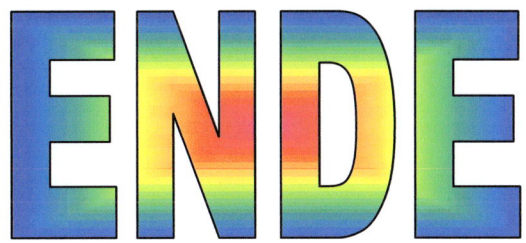

Anmerkungen des Autors:

Sandro Hübner meißelt in Berlin, in klaren Sätzen ein Denkmal und ist unverzichtbar für alle, die ihn bei Twentysix lesen, weiterempfehlen und auch kaufen werden.

Bisher erschienen:

Titel:	SAD SONG - Trauriges Lied -
Genre:	Kriminalroman
ISBN:	978-3-7407-3007-9

Titel:	Juliette und Taddei eine Liebe forever
Genre:	Liebesroman
ISBN:	978-3-7407-3030-7

Titel:	Rückkehr eines träumenden Delfins
Genre:	Roman
ISBN:	978-3-7407-3399-5

Titel:	Fesselnde Psycho-Horror-Geschichten
Genre:	Horror
ISBN:	978-3-7407-4455-7

Titel:	Spannende Thriller-Geschichten
Genre:	Thriller
ISBN:	978-3-7407-4636-0

Titel:	Doppelt stirbt sich besser, mit einem grauenvollen Biss
Genre:	Psychohorror
ISBN:	978-3-7407-4697-1

Titel:	TITANIC Ein Augenzeugenbericht von Helena F. Lang
Genre:	Roman
ISBN:	978-3-7407-5058-9

Titel:	Unheimliche Gruselgeschichten - Teil I -
Genre:	Gruselroman
ISBN:	978-3-7407-5067-1

Titel:	Unheimliche Gruselgeschichten - Teil II -
Genre:	Gruselroman
ISBN:	978-3-7407-5068-8

Titel:	Der Fitnesstrainer
Genre:	Roman
ISBN:	978-3-7407-5075-6

Titel:	Das Bett des Horroralptraums
Genre:	Horror
ISBN:	978-3-7407-5139-5

Titel:	Der verhängnisvolle Fehler aller Zeiten - Das Haus der Seelen
Genre:	Horror
ISBN:	978-3-7407-5317-7

Titel:	Spannende Abenteuerkurzgeschichten für Kinder
Genre:	Roman
ISBN:	978-3-7407-5415-0

Titel:	Roy Raperpotz im Land der Träume
Genre:	Roman
ISBN:	978-3-7407-1711-7

Titel:	Der grausame Helikopter des Horrors
Genre:	Horror
ISBN:	978-3-7407-2681-2

Titel:	Die Nacht des Horrors
Genre:	Horror
ISBN:	978-3-7407-4812-8

Titel:	Abenteuergeschichten für Kinder
Genre:	Roman
ISBN:	978-3-7407-6328-2